AF455634

LE MANTEAU

DE

JOSEPH OLÉNINE

IL A ÉTÉ TIRÉ

200 exemplaires sur papier vélin du Marais
non mis dans le commerce.

100 exemplaires sur papier du Japon
numérotés de 1 à 100.

EXEMPLAIRE OFFERT

LE MANTEAU

DE

JOSEPH OLÉNINE

PAR LE

VICOMTE E.-M. DE VOGUÉ

DE L'ACADÉMIE FRANÇAISE

PORTRAIT GRAVÉ PAR A. LAMOTTE

PARIS

LIBRAIRIE L. CONQUET

5, RUE DROUOT, 5

1889

Tous droits réservés.

AVERTISSEMENT

M. Joseph Olénine jouissait d'une réputation méritée dans le monde savant de la Russie. Sa mort a été une vraie perte pour l'archéologie orientale. Autorisé à rechercher dans ses manuscrits les notes qui pouvaient m'être utiles, j'ai été fort étonné d'y rencontrer les quelques pages qu'on va lire. L'aventure racontée dans ces pages repose-t-elle sur un fait réel? J'hésiterais à le croire, si le caractère bien connu de M. Olénine n'éloignait jusqu'au soupçon d'une fiction romanesque. Il aimait en tout la vérité. D'ailleurs on me l'a dépeint un peu bizarre; et puis, il arrive dans son pays bien des choses qui ne seraient pas naturelles dans un autre... Enfin, voici son récit :

LE MANTEAU

DE

JOSEPH OLÉNINE

I

Malgré les critiques allemands, je tiens pour fort estimable le commentaire de Salvolini sur le papyrus de Turin et les campagnes de Rhamsès le Grand. J'avais le dessein de m'en servir pour mon grand ouvrage sur le séjour des Hébreux en Égypte, quand des affaires urgentes m'appelèrent, au commencement de l'automne dernier, dans ma terre de Bukova, en Petite

Russie. Je partis, emportant mon précieux Salvolini ; je me flattais de trouver, dans la solitude de mes bois, les longues heures d'étude qui me permettraient d'achever mon travail.

Tous les propriétaires du district de Péréïaslaf savent qu'il y a trois relais de Kief à Bukova ; ils savent également que cette route est cotée au plan du zemstvo, — depuis dix ans il est vrai, — comme l'une des pires de notre chère Ukraine, et qu'à l'automne dernier en particulier, la plus vulgaire prudence commandait au voyageur d'éviter les ponts fictifs dont elle est embellie. En dépit d'un mouvement combiné de roulis et de tangage qui faisait danser devant mes yeux les signes hiéroglyphiques, je m'acharnais à la lecture du commentaire, sans donner un regard au triste paysage de chaumes et de labours qui fuyait derrière moi. Au relai de Tachagne, — un de ces pauvres hameaux, perdus dans les ajoncs d'un étang, qu'on appelle *Khoutre* en Petite Russie, — je fus tiré de ma lecture par la voix de mon ami Stépane Ivanovitch, le maître de poste, qui m'engageait à prendre un verre de thé dans sa maison. Deux heures après, ma *britchka* entrait dans l'allée de tilleuls de Bukova, et les ombres de la nuit qui tombaient de mes vieux arbres m'arrêtaient au début de l'expédition de Rhamsès en Nubie. Quelques instants plus tard, je la continuais dans un rêve tourmenté par les cahots fantastiques d'un char de guerre, roulant sur les sables lybiques.

Le lendemain, dès l'aube, je fus rappelé aux réalités de cette terre par l'intendant, qui venait me prendre dans son *drochki* pour visiter une ferme éloignée. Nos automnes d'Ukraine ont de bonne heure des matinées plus froides que des midis d'hiver : sur les champs transis rampait lourdement une brume grise, la vapeur de ces marais qui forment, comme on sait, la majeure partie et le plus pittoresque ornement de notre belle patrie. J'ordonnai à mon domestique d'apporter ma pelisse, un ample et chaud manteau de voyage fourré de renard, qui eût fait piteuse figure au vestiaire d'un bal élégant à Pétersbourg ; c'était le rude compagnon de mes chasses et de mes courses en forêt, un de ces amis de campagne solides et modestes, qu'on étreint sur son cœur en revenant au logis provincial, et qu'on ne salue plus quand on les rencontre d'aventure au quai de la Cour. — Ivan parut les mains vides et se gratta le crâne d'un air embarrassé.

« Pardon, bârine : c'est que... le manteau ne se trouve pas ; il aura bien sûr glissé de la britchka, Dieu sait... sur la route, pas loin...

— Comment, glissé sur la route ! tu as laissé perdre mon manteau ?

— Vous avez bien voulu le jeter sur vos pieds hier soir, puis vous avez bien voulu lire dans le gros livre ; vous n'aurez pas remarqué, nous étions si secoués! Le malheur est arrivé peut-être à la rivière de Tachagne, quand nous passions sous le pont... Dieu mon Seigneur, j'ai cru que nous roulions dans un précipice! Ah! les routes sont bien négligées, bârine; heureusement le cocher du maréchal de noblesse m'a dit hier que cette année le zemstvo... »

J'arrêtai court la digression que mon fidèle serviteur se préparait à poursuivre, en lui ordonnant de faire monter à cheval un postillon qui ne devait pas se représenter à la maison avant d'avoir retrouvé le manteau. Ce gamin revint à la nuit close; il rapportait de Tachagne un gros paquet enveloppé dans des numéros graisseux du journal de Kief. Je rentrais des champs gelé, maugréant contre les cahots, le zemstvo et la bêtise d'Ivan, quand le postillon me remit triomphalement le manteau retrouvé, en baisant ma main qui lui coulait un rouble. Je déchirai le papier; mes doigts gourds de froid enfoncèrent doucement sous la caresse d'une chose moelleuse, délicate et tiède comme un souffle d'enfant. Je déroulai l'objet : jugez de ma surprise et de mon humeur en voyant se déployer, au lieu de mon bon vieux manteau, une de ces courtes pelisses que les dames appellent, je crois, des polonaises, en velours gros-bleu fourré de zibelines qui me parurent d'un haut prix. Le vêtement était de forme ancienne, comme on les portait jadis en Pologne.

« Ah! ça, quelle diable de plaisanterie est-ce donc là ? m'écriai-je en retenant le postillon.

— Je ne puis savoir, Osip Evguénitch ; c'est le maître de poste qui m'a remis lui-même le paquet à Tachagne, en me disant que c'était la pelisse perdue par notre père, et en recommandant de porter à notre père ses souhaits de bonne santé.

— Mais, imbécile, ce n'est pas la mienne !

— Je ne puis savoir, Osip Evguénitch. »

Je renvoyai le rustre, sachant qu'après ces mots sacramentels il n'y a plus rien à tirer d'un paysan russe ; et jetant avec dépit le vêtement étranger sur le divan, au coin de mon bureau, je m'allai coucher en rêvant aux bizarres transmutations que subissaient les manteaux en Ukraine : il fallait croire que toutes les fourrures du district s'étaient donné rendez-vous la nuit passée sous le pont de Tachagne.

Le lendemain, je m'éveillai fort tard ; un radieux soleil de septembre emplissait de son sourire d'or mon vieux cabinet au meuble de perse fanée. Le premier objet qui frappa mes regards fut la polonaise, étalée sur le divan. De légères bouffées de brise, soufflant de la fenêtre ouverte, faisaient courir des frissons sur la mignonne fourrure. Dans l'éclatante lumière, les zibelines tremblaient avec des reflets châtain-dorés, comme ceux qui se jouent sur quelques têtes du Titien ; et sur le velours bleu, le caprice des rayons promenait des moires changeantes, tantôt ravivées d'azur, tantôt mourant dans l'ombre; les deux tons se mariaient avec une harmonie à défier la palette du plus riche coloriste. Machinalement, je promenai la main sur ce duvet soyeux, tout brûlant aux feux de midi; de petites étincelles frémirent le long de mes doigts, comme lorsqu'on caresse le dos d'un jeune chat, endormi dans les cendres du foyer. De l'étoffe chiffonnée, montait un parfum discret et capiteux; j'ai très vive la mémoire des parfums; pourtant je ne me rappelais aucune sensation analogue, si ce n'est peut-être l'odeur faible et énervante qui tombe de nos tilleuls d'Ukraine, quand ils fleurissent en juin tout autour de la maison. Enfin cette jolie petite machine respirait une grâce secrète, une malice provocante; je m'attardais à jouer avec elle, à la draper dans la clarté pour lui donner tout son relief, quand j'aperçus le Salvolini grand ouvert sur mon bureau, m'attendant. J'eus honte de mon enfantillage, et je me plongeai dans ma chère lecture. Je dois dire qu'elle m'absorba moins que d'habitude. Le jardin qui s'étendait sous ma fenêtre, paré des dernières coquetteries de l'automne, attirait souvent mes regards ; ils retombaient invariablement sur les zibelines qui souriaient près de moi.

Ivan entra, apportant mon déjeuner, et fit le geste de prendre l'inconnue pour l'aller ranger. Les mains de mon valet de chambre portaient la trace d'une lutte consciencieuse contre la poussière accumulée par les mois d'été sur le mobilier de Bukova. En voyant cette grosse main noire prendre brutalement au collet le délicat velours bleu, j'éprouvai je ne sais quelle sensation d'agacement.

« Finis donc ton ouvrage, Ivan, et ne va pas salir cette chose qui ne nous appartient pas ; c'est bon, tu la rangeras plus tard. »

Le soir, Ivan revint à la rescousse. J'avais tracé le plan du premier chapitre de mon mémoire, et j'arpentais mon cabinet de ce pas irrégulier et distrait, si favorable au travail du cerveau. Chaque fois que je me rapprochais du bureau, mes yeux rencontraient la polonaise; elle était couchée sur le divan, dans la pénombre de la lampe, avec ces attitudes fantastiques et vivantes qu'ont le soir les vêtements longtemps portés. Parfois il me semblait qu'elle remuait, se redressait; elle avait des poses caressantes et le passage d'une lumière allumait les reflets châtain-dorés avec plus de mouvement et de vie que le matin, comme si les boucles folles d'une tête vénitienne eussent apparu dans les fonds obscurs de ma grande glace. — De nouveau, je renvoyai brusquement Ivan à tous les diables. Le pauvre homme me regarda d'un air étonné et s'éloigna avec une soumission respectueuse, dernier legs du servage chez nos braves serviteurs.

Le jour suivant, j'inventai quelques-uns de ces sophismes ingénieux que nos moindres caprices savent si vite trouver, pour persuader à Ivan qu'il fallait laisser l'étrangère à sa place, jusqu'au moment prochain qu'on viendrait nous la réclamer. En réalité, je n'aimais pas à me figurer ce moment. Il me semblait que la polonaise avait toujours été là ; elle était entrée de plain-pied dans mon atmosphère intime, dans ce milieu de choses familières et indispensables auxquelles le vieux garçon, — même s'il n'est pas très vieux, — ne souffre aucun changement. Parmi mes meubles passés, dans ma sévère chambre de travail, c'était la seule note jeune et gaie, la seule touche lumineuse. Avec ses aspects semi-vivants du soir, elle m'était un peu moins qu'un chien et un peu plus qu'une fleur. L'obsession de cette bête de petite chose grandissait d'heure en heure.

Ceux-là seuls pourront me comprendre, qui ont connu la prodigieuse monotonie et le formidable ennui d'un séjour solitaire dans nos campagnes russes. Abandonnée dans ce silence écrasant des hommes et des choses, l'imagination s'accroche aux plus futiles objets et leur prête des proportions démesurées. Après les intéressants pensionnaires de nos maisons de correction, c'est aux marins et aux propriétaires russes qu'il eût fallu dédier l'araignée de Silvio Pellico. La polonaise, — qu'elle me pardonne la comparaison, — devint mon araignée. Bientôt son influence balança sérieusement celle de Rhamsès. Je la regardais vivre, de sa vie muette et cachée. C'était un corps sans âme, il est vrai, mais comme ces corps que l'âme vient de quitter et qui gardent après l'abandon une expression si intense. Je cherchais l'âme, naturellement, et mon imagination oisive, lâchée en liberté, passait ses meilleures heures à se perdre en hypothèses sur l'aventure qui avait amené chez moi l'égarée, sur l'éternel féminin qui s'était naguère incarné dans cette enveloppe. Je reconstruisis tous les types de femme que ma riche mémoire pouvait me fournir, pour les adapter à ma pelisse. Enfin, fatigué d'errer en aveugle, je résolus de procéder avec la rigueur scientifique qui convenait à un lauréat de nos Académies. Si Cuvier, me disais-je, a pu ressusciter les monstres antédiluviens avec un petit os, fragment insignifiant de leur vaste organisme, comment n'arriverais-je pas à reconstituer une femme avec un vêtement, qui est la moitié de la femme, quand il n'est pas le tout? — Je suspendis l'étoffe en l'abandonnant à ses plis naturels ; ils trahirent aussitôt leur grâce légère et vaporeuse, mais cela ne me suffisait pas.

Un jour, je trouvai les ouvriers de la ferme en train de rouir le chanvre de la dernière récolte. J'en emportai furtivement quelques brassées ; non sans rougir un peu de mon amusement puéril, je me mis à empailler ma polonaise, boutonnant le vêtement sur ce mannequin improvisé et respectant toutes les cassures marquées par l'usage sur le velours. Le résultat fut pleinement concluant : je vis se dessiner un col flexible et long, des formes riches et fières, une taille mince, souple comme un tronc de jeune bouleau. De l'étroitesse des manches, je pouvais déduire la finesse des attaches et des extrémités. Quelques rapports familiers à tous ceux qui ont étudié le dessin me permirent de rétablir, avec la moitié ainsi conquise, l'autre moitié absente, la hauteur de la statue, la forme de la tête. Ses cheveux, cela n'avait jamais fait doute pour moi, étaient de la nuance châtain-doré des zibelines ; c'était également un axiome acquis depuis longtemps que ses yeux avaient les reflets sombres du velours bleu. Un seul point me gênait, le nez manquait et je n'avais aucunes don nées pour le reconstituer ; jusqu'à plus ample informé, ma statue n'avait pas de nez. Mais quoi ! N'ai-je pas follement aimé, jadis, cette tête antique d'Ephèse que la barbarie turque a privée du même ornement ? Enfin n'ai-je pas aimé beaucoup de mes belles compatriotes dans le même cas ?

Ainsi, l'âme de ma polonaise était ressaisie, sa forme désormais invariablement fixée dans mon imagination. Ce fut un grand repos. De ce jour, ma chimérique compagne était créée, elle vivait. Je m'attachai d'autant plus à ce morceau d'étoffe, son signe visible. Je n'admettais même plus la pensée qu'on pût venir m'en dépouiller. Je n'avais pas la moindre curiosité de voir la légitime propriétaire de la pelisse ; ce ne pouvait être qu'une désillusion, celle que j'avais inventée me suffisait. Une fois, j'eus cette idée bien simple, et qui eût dû me venir plus tôt, qu'il pouvait rester dans les poches du vêtement quelque indice de son origine. L'idée fut très mal accueillie : je remis à plusieurs reprises l'ennui d'y donner suite. Enfin je plongeai dans les petites poches mes mains qui tremblaient un peu : ce fut avec un inexprimable soulagement que je les retirai vides. Mon intendant voulait me faire aller à Tachagne pour conclure une affaire d'importance ; je trouvai des prétextes pour l'y envoyer à ma place, craignant sur toutes choses une explication avec le maître de poste qui pouvait m'obliger à une restitution. Chaque fois qu'on sonnait au portail, le cœur me battait, il me semblait qu'on venait me la reprendre. Quand l'attelage d'un voisin ou le cheval d'un messager entraient dans la cour, je me surprenais à jeter vivement une draperie sur la pelisse ; je ne me dissimulais pas ensuite l'odieux de cette action, qui eût pu conduire un pauvre diable en police correctionnelle ; mais quel collectionneur n'a pas sur la conscience de pareilles faiblesses, sans parler des amoureux ?

Étais-je donc déjà dans la triste catégorie de ces derniers ? Je n'eusse pas voulu m'avouer cette énormité, et pourtant je me disais que s'il est ridicule d'être amoureux d'un chiffon, la moitié des hommes en sont là, et qu'on a brouillé parfois les affaires du monde pour des chiffons qui cachaient moins d'âme que le mien. Sans creuser la nature de mon sentiment, je jouissais de cette délicieuse communauté de vie : ma solitude était remplie désormais. Nous avions de longues causeries, avec la polonaise, le soir, quand elle existait si étrangement : je savais déjà beaucoup de son caractère, de ses secrets et de son passé. Comme toutes ses pareilles, elle avait ses jours et ses caprices : tantôt tendre et gaie, abandonnée avec des caresses d'attitude charmantes ; tantôt gisante sur le divan, flasque, éteinte, morte, l'âme envolée. Suivant son humeur, je me couchais triste ou joyeux ; et bien souvent, la nuit, dans mes rêves, je revoyais la bizarre créature errant à mon chevet, m'effleurant de son duvet d'or bruni, me disant jusqu'à l'aube des chansons et des folies.

Le 15 octobre, nous eûmes à Bukova la première gelée d'hiver. Je vis en m'éveillant le mélancolique horizon de nos champs tout blême sous son premier drap blanc. Je devais aller ce matin-là régler une coupe de bois à une assez grande distance. Ivan m'apporta triomphalement un grossier manteau de paysan, en jurant qu'il faisait grand froid. Je m'en aperçus bien en ouvrant ma fenêtre à la bise glacée. Ma main se posa sur les douces zibelines ; elles gardaient toujours je ne sais quelle tiédeur intrinsèque et mystérieuse. Brrr..., pensais-je, comme il ferait bon se pelotonner dans cette chaude fourrure avant d'affronter un pareil temps ! Je repoussai avec honte cette sotte idée. Mais on sait que les sottes idées ont des façons particulières de faire leur chemin et des arguments particuliers à leur service. « A quoi bon, disait la tentatrice, prendre une fluxion de poitrine quand on peut s'en garer ? Crois-tu qu'aucun affublement puisse étonner tes braves paysans ? Ces gens simples ne remarquent rien, et quand bien même les filles du village souriraient un peu, le grand mal ! » — Je luttais : les amoureux savent comment finissent les luttes avec les sottes idées. Après quelques minutes d'hésitation, je jetai brusquement la fine polonaise sur mes épaules et je sortis. Ce fut une sensation sans précédent, qui tenait du bain parfumé, de la tiédeur du lit, du souffle des brises d'avril, de la commotion d'une pile électrique. Une félicité toute nouvelle me pénétrait jusqu'au fond de mon être. L'intendant grelottait et je ne sentais pas le froid. Je m'attardai longtemps au bois ; il me semblait que j'allais quitter le meilleur de moi-même en rentrant. Le pli était pris : les jours suivants, même quand le temps se remit au beau, je ne quittais plus la bienheureuse pelisse. Mes courses, auparavant hâtives et maussades, m'étaient devenues délicieuses. Dès que je revêtais le manteau enchanté, ma triste personnalité m'abandonnait, je sentais qu'une personnalité étrangère se substituait insensiblement à elle. C'était l'atmosphère d'un autre être, faite d'une perpétuelle caresse, dans laquelle je m'habituais doucement à vivre. Je me rappelais alors avoir été très frappé jadis par un article de la *Revue archéologique* sur la tunique de Déjanire. Ah ! comme je comprenais le pauvre Alcide, brûlant dans les étreintes de son ardente toison ! J'eus un moment l'idée d'écrire un Mémoire sur ce point intéressant de la mythologie grecque, pour reprendre mes études abandonnées. Car on devine bien que le malheureux Rhamsès était oublié : l'ébauche inachevée du premier chapitre gisait sur ma table, avec cet air morne qu'on les livres et les écrits désertés. Je passais maintenant toutes mes journées dehors, courant la forêt dans mon vêtement magique : la volupté première ne s'usait pas, au contraire ; il me semblait chaque jour que j'étais un peu moins moi, que la métamorphose s'achevait ; un monde de choses délicates, de jouissances nerveuses et fines m'était révélé ; j'avais changé d'âme, comme de manteau, et dépouillé le vieil homme ; il me semblait devenir la... Ah ! non, pourtant ! — Tenez, à parler franc, il me semblait que je devenais fou.

A ce moment critique de mon existence morale, un soir, à la nuit tombante, — le 24 octobre, — on me remit un télégramme de mon ami X... Il m'informait de son passage à Kief le lendemain matin et me suppliait de l'y venir voir un instant, pour conférer d'une affaire où je pouvais grandement l'aider. Je n'aimais rien tant désormais que ma solitude peuplée de ma passion, et je maudis cette amitié importune ; mais il n'y avait pas à reculer, j'ordonnai de mettre les chevaux à la britchka. Ivan s'approcha avec l'air goguenard qu'il affectait volontiers depuis quelque temps vis-à-vis de moi. — « La nuit sera pluvieuse, qu'est-ce que Monsieur prendra pour se couvrir en route ? » — Je dus vaincre une de ces petites hontes qui me revenaient de loin en loin, mais j'en avais déjà tant vaincues! — « La pelisse, » — répondis-je en tournant la tête, et quelques minutes après, la troïka m'emportait, tout tremblant de plaisir dans mes chères zibelines, qui continuaient partout, sur mon être indifférent à toutes choses, leur atmosphère d'amour.

II

La nuit était fort avancée quand ma britchka entra dans la cour de poste de Tachagne. Une calèche de voyage dételée y attendait les chevaux de rechange. — « Je vais réveiller Stépane

Ivanovitch, » me dit Ivan. — « Occupe-toi de faire atteler plus vite et laisse dormir ceux qui dorment, » lui répondis-je avec humeur. On le pense bien, je n'avais qu'une idée : éviter le maître de poste. De peur de le joindre, je n'entrai même pas dans la salle de thé, et, roulant une cigarette, je me mis à arpenter la galerie de bois à auvent qui régnait tout autour de la cour. La nuit était sombre et pluvieuse, comme l'avait prédit Ivan. Une mauvaise lampe à pétrole, sur le chambranle d'une porte, éclairait faiblement un des coudes de la galerie.

Je marchais depuis quelques instants, quand cette porte s'ouvrit et livra passage à un voyageur qui commença une promenade en sens inverse de la mienne. Sa silhouette me frappa tout d'abord ; elle avait ceci de particulier qu'il était impossible de décider à quel sexe appartenait l'inconnu. Vous me direz que le cas n'est pas fort rare en Russie, où notre gracieux hiver, avec son accoutrement obligé, transforme la rue en un bal travesti de passants qui n'ont ni forme, ni âge, ni sexe. Ce qui m'intrigua davantage, c'est qu'il me sembla bientôt retrouver dans la taille, la démarche et les façons de mon compagnon de promenade des souvenirs très familiers ; mais ces souvenirs étaient d'autant moins faciles à préciser qu'ils se rapportaient dans ma mémoire à deux personnes évidemment fort différentes ; sans pouvoir mettre des noms sur ces vagues analogies, j'étais sûr d'avoir connu à quelqu'un de mes intimes cette silhouette, à quelque autre ce port de taille et cette démarche. Très perplexe, je m'arrêtai sous la lampe pour y attendre le passage du promeneur. Dans l'espace éclairé, deux petits pieds de femme entrèrent, sortant d'un long manteau d'homme ; mes yeux s'arrêtèrent sur ce manteau : c'était le mien, ma vieille pelisse de renard !

On devine le monde de pensées désordonnées qui éclatèrent dans mon cerveau. Je me remis en marche comme un homme ivre. Le hasard fit qu'aux tours suivants, nous nous rencontrions précisément sous la lampe. Mes premières impressions s'expliquaient, sans diminuer mon trouble.

Quand je regardais le manteau, je croyais me voir dans une glace, et, sous cette personnalité d'emprunt, j'en devinais une autre que je connaissais comme si je l'avais quittée l'instant d'avant. Le visage de cette femme, — c'était décidément une femme, — était emmitouflé dans une écharpe noire; mais à la fixité du regard, je me sentais l'objet d'une attention égale à la mienne. La promenade continuait; un sentiment aigu de gêne m'envahissait. Vous est-il jamais arrivé de croiser dans un salon une figure à vous bien connue? Vous comprenez qu'il faudrait lui parler, fraterniser avec elle, et faute de pouvoir placer son nom sur cette figure, vous ne trouvez pas un mot sur vos lèvres; vous devinez qu'elle vous reconnaît, elle aussi ; et chaque minute de retard augmente votre malaise. C'était une gêne de cette sorte que j'éprouvais, mais cent fois plus pénible, et compliquée d'idées extravagantes. Tantôt il me semblait que je *me* promenais moi-même à *mes* côtés, je veux dire l'ancien moi, celui d'autrefois ; tantôt que ma polonaise courait devant *moi*, emportant mon *moi* nouveau. Ainsi dédoublé, et chacune de mes moitiés évitant l'autre, je me sentais plus ridicule à chaque nouvelle rencontre ; le regard voilé s'attachait sur moi, toujours plus inquiétant ; des gouttes de sueur me perlaient aux tempes.

Soudain, après un dernier tour, la promeneuse s'arrêta net sous la lampe, écarta brusquement son voile, et un éclat de rire longtemps contenu partit comme une fusée ; la voix jeune et fraîche qu'annonçait ce rire s'éleva et me dit en français :

« Monsieur, si vous me rendiez mon manteau ?... »

Je demeurai immobile, abasourdi, cherchant quelques paroles à balbutier :

« Mon Dieu..., Madame..., j'allais vous faire la même demande..., mais daignerez-vous m'expliquer comment ?...

— Ah ! pour cela, j'en suis bien incapable. Je sais seulement que vous avez là ma pelisse, et il me semble même que vous l'avez adoptée sans trop de façons.

— Il est vrai, Madame ; mais, vous-même, ne me donnez-vous pas l'exemple ?

— Ce manteau est à vous ? Et c'est moi qui vous dois des explications ? Allons, je veux bien, c'est fort simple, d'ailleurs. Il y a un mois, en passant ici pour me rendre dans une terre voisine, j'ai égaré ma fourrure. Quand je l'ai envoyé chercher, on m'a rapporté ceci à la place. Mon absence s'est prolongée plus que je ne pensais, les froids m'ont prise au dépourvu loin de toute ressource, et, ma foi, j'ai utilisé ce que la Providence avait daigné me laisser en échange de mes zibelines. Cette nécessité vous semblera assez justifiée, j'espère. Ce qui l'est moins, c'est le besoin pour un homme de s'affubler d'une mante de femme en guise de petit collet ; sans compter qu'elle me semble s'être passablement déformée sur vos épaules, ma pauvre mante !

— Oh ! pour cela non, Madame, je vous jure. C'est au contraire moi qui me suis... je m'arrêtai à temps pour ne pas laisser échapper une sottise intelligible à moi seul.

— Enfin, Monsieur, puisqu'il vous plaît que nos torts soient réciproques, passons l'éponge. Le hasard a bien réparé les siens. Nous allons rentrer tous deux dans notre bien et dans les attributs de notre sexe. Mais comme deux personnes qui ont porté pendant un mois leurs manteaux respectifs me paraissent suffisamment présentées l'une à l'autre, je vous engage à prendre une tasse de thé avec moi, tandis que nous opérerons l'échange. » — Et l'étrangère ouvrit la porte de la salle en me montrant le chemin.

Je la suivis à contre-cœur. La réflexion m'était revenue. Je ne voyais qu'une chose, la séparation prochaine et inévitable d'avec ma bien-aimée compagne. Je ne savais aucun gré à sa maîtresse de s'être révélée. Je me souciais fort peu de celle-ci, c'est à sa pelisse que je tenais. Cependant, tandis que mon héroïne se dépouillait de *mon* manteau, je me livrai à cet examen sommaire qui est la première politesse due par un homme à une femme avec laquelle il entre en relations. Il n'y avait pas à dire, c'était bien ma statue qui m'apparaissait, une statue telle que je l'avais devinée à son enveloppe, avec un nez en plus, seulement. Était-ce ce nez qui me dérangeait? Je ne sais, toujours est-il que l'apparition ne me fit aucun plaisir et resta fort distincte pour moi de la *vraie*, celle qui habitait la pelisse. Les cheveux châtain-dorés y étaient pourtant, et les yeux gros-bleu. Elle demanda du thé à la servante, et à l'accent des premiers mots russes qu'elle prononça, je reconnus une polonaise. Tout, d'ailleurs, trahissait chez elle cette famille particulièrement redoutable dans l'espèce féminine : le regard électrique, le parfum vénéneux, la souplesse de serpent, la provocation inconsciente de chaque brimborion, depuis le talon jusqu'à la dernière boucle de cheveux.

Tandis qu'elle versait le thé, Stépane Ivanovitch entra, nous salua et sourit.

« Je suppose, dit-il, que l'erreur est maintenant expliquée à madame la comtesse. Le jour même où elle passa chez moi et y oublia sa pelisse, M. Joseph Olénine perdit son manteau près d'ici. Le lendemain, quand le messager de Bukova vint réclamer ce dernier, mon garçon d'écurie remit le vêtement qu'il avait ramassé. Quelques heures après, un passant apportait le manteau de M. Olénine et trouvait sur la porte le courrier qui demandait la pelisse de la comtesse ***ska ; le courrier n'a pas vérifié l'objet, et je n'ai plus entendu parler de rien. »

Le maître de poste avait fait la lumière dans mon roman. Le nom de la comtesse ***ska m'était bien connu. Elle venait de quitter Varsovie à l'époque où mon régiment y prit garnison. On ne parlait alors que de sa beauté, de sa vertu farouche, de son second mariage avec le vieux comte ***sky, un des plus riches seigneurs de Pologne, jadis fort en faveur à la Cour, et qui avait même été un moment général-gouverneur sous le précédent règne. Depuis quelque temps, le comte et sa femme vivaient retirés dans leur belle terre de Rogonostzova, sur les confins de la Podolie, à cent verstes de chez moi. Je savais qu'ils passaient de rare en rare dans notre district, en allant visiter un autre bien situé plus près de Kief.

La comtesse congédia Stépane Ivanovitch en le priant de presser son attelage, et la conversation s'établit entre nous, avec l'aisance que donne aux relations nouvelles la certitude d'appartenir au même monde, alors même qu'on n'a pas échangé ses manteaux.

« Eh bien ! Monsieur Olénine, voici la présentation achevée, et toujours de façon aussi romanesque. Mes amis de Varsovie m'avaient beaucoup parlé de vos exploits de tout genre, quand vous étiez aux hussards, mais je ne savais pas que vous poussiez le dédain de la morale vulgaire jusqu'à vous approprier les zibelines égarées sur la grande route.

— Vous pouvez même ajouter, comtesse, jusqu'à ne pas les rendre à leur légitime propriétaire.

— A ne pas les rendre!... Comment cela?

— Je déclare qu'on ne m'arrachera cette pelisse qu'avec la vie.

— Par exemple! Et pourquoi?

— Parce que... parce que je l'aime.

— C'est ce que pourraient dire tous les héros de la police correctionnelle.

— Non, vous ne me comprenez pas, vous ne pouvez pas me comprendre. C'est trop subtil à expliquer, ce qui existe entre ce vêtement et moi. Pourtant, vous êtes slave, vous aussi, partant plus ou moins spirite, croyante à la métempsycose et à un tas de choses semblables. Tenez, depuis un mois que ce morceau d'étoffe est entré dans ma vie, il m'a peu à peu chassé de ma propre personne pour y introduire une autre âme, un être chimérique émané de lui ; ou peut-être est-ce moi qui suis passé en lui, qui ai pris la forme et l'être qu'il renfermait en puissance, comme disent les philosophes. Je ne sais. Toujours est-il que lui et tout ce que mon imagination a mis en lui, je l'aime, entendez-vous, je l'aime d'amour. »

La comtesse prit le petit air sévère de rigueur en pareil cas. On a remarqué, d'ailleurs, que cet air sévère ne parvenait jamais à être un air étonné, ce qui ferait croire que les femmes attendent toujours l'arrivée de ce mot comme une suite naturelle de la conversation avec elles.

« Oh! ne vous méprenez pas sur ma pensée, repris-je. Loin de moi l'intention de vous offenser. Votre personne n'est pour rien dans tout ceci, elle est absente, il n'existe, il ne peut exister sous cette pelisse que la forme idéale née de ses plis à mon évocation.

— Ceci n'est pas flatteur pour la forme matérielle qui a bien contribué quelque peu à ces plis. Enfin, je veux bien m'amuser de votre originalité, mais je n'en suis pas moins obligée de vous redemander formellement ma palatine.

— Jamais, plutôt ma vie! Pourquoi vous ai-je rencontrée? Allez, partez, m'écriai-je avec désespoir, mais ne me demandez pas mon âme!

— Je ne vous demande que ma

fourrure. Ah! ça, mais vous êtes le Tartufe des pelisses, mon cher monsieur :

C'est à vous d'en sortir, vous qui parlez
[en maître...

Avec tout mon désir de vous obliger, je vous répète que je vais reparaître dans quelques heures devant mon légitime seigneur, qui marquerait un juste étonnement s'il me voyait surgir en manteau d'homme. J'entends rentrer chez moi sous ma forme et mes espèces naturelles. D'autant plus que ces fourrures sont un héritage de famille auquel nous avons mille raisons de tenir.

— Mais c'est moi-même que vous demandez! Comment voulez-vous que je *me* rende à vous?

— Voyons, j'entre dans vos folles idées. Ne vous laissé-je pas une consolation ? Ce manteau, le vôtre, que je porte depuis un mois, — et auquel ma femme de chambre a dû donner quelques directions nouvelles pour qu'il me fût supportable, — ce manteau se sera un peu métamorphosé, à votre compte. Vous allez vous y retrouver, d'après vos théories sur l'adaptation des manteaux, un peu vous-même, un peu... une autre !

— Hum ! le manteau du Musée de Naples ! Belle consolation, fis-je piteusement.

— Ces archéologues se croient toujours le droit d'être légers à leur manière. Mais l'heure me presse, j'entends mes chevaux à la porte, cessons ce marivaudage. Monsieur Olénine, veuillez me donnez ma palatine ! »

Je me levai avec un mouvement désespéré qui fit glisser de mes épaules l'objet du litige. D'un geste mutin, la comtesse avança la main sur la fourrure qui tombait. Machinalement, je la retirai à moi.

« Ah ça ! fit-elle en repartant de son franc rire, savez-vous bien que si quelqu'un entrait, on croirait que nous rejouons la scène de Madame Putiphar avec votre homonyme !

— Madame, il y avait des sentiments moins cruels chez la femme du général de Pharaon.

— Pas d'analogie, monsieur, mon mari n'est plus en fonctions, répliqua

la comtesse en riant de plus belle. »
Et d'un air d'autorité superbe, qui, je dois le dire, lui seyait à merveille, elle prit de mes mains ma chère pelisse, la jeta sur son bras, gagna la porte. Là, elle se retourna, sans doute pour rire encore un peu de ma mine. Mais j'avais, il faut croire, l'air si vraiment navré, qu'elle me cria, avec une nuance de sympathie dans la voix : « Là, je compatis à votre folie. Vous aimez cette polonaise? Eh bien, venez la revoir à Rogonostzova. Je vous promets qu'elle sera toujours pendue au premier porte-manteau de mon vestibule. Venez donc, et considérez-vous comme toujours invité sous notre toit, monsieur Olénine. Vous pourrez dire en modifiant le proverbe : « Pour une

polonaise de perdue, deux de retrouvées. »

Elle disparut, emportant mon palladium. Il me sembla que la nuit s'était faite dans la salle. Je revêtis avec colère mon pauvre vieux manteau, je me précipitai sur la route de Kief, dévorant mon chagrin, grelottant de corps et de cœur.

III

Quand je revins à Bukova, la terre russe avait pris sa figure d'hiver, sa figure livide. La première neige était tombée sur les interminables plateaux des *Terres noires;* fondue sur les crêtes des labours, préservée dans les creux des sillons, elle marbrait de flaques blanches ces grands champs couleur de suie qui font notre richesse ; on eût dit que toutes les pompes funèbres des deux mondes avaient cousu bout à bout toutes les serges de leur matériel, pour tendre ainsi, durant des centaines de verstes, un drap de deuil aux larmes d'argent. Des nuages bas rampaient sur les hêtres chauves, et des fumées de pauvres sur les toits de chaume d'où suintaient les eaux glacées. Ma maison, perdue dans les bois, n'est jamais gaie en cette saison ; je la retrouvai cette fois plus désolée et plus maussade que de coutume. Elle me semblait vide comme la chambre d'un avare à qui on aurait volé son trésor ;

mon cabinet était si assombri qu'aucune lampe ne suffisait à l'éclairer. Ivan avait beau emplir la cheminée de souches de pin, je ne parvenais pas à réchauffer mes membres transis. Avez-vous jamais rêvé que vous étiez amputé ? J'éprouvais, tout éveillé, la sensation de ce cauchemar ; si mon corps était au complet, mon âme tout au moins avait quitté le logis ; quoique un peu porté vers les doctrines matérialistes, j'ai fini par croire à l'existence de l'âme, en constatant le vide qu'elle laisse dans les moments où elle nous fausse compagnie. Je me raisonnais sans relâche, pour chasser ma folie de mon cerveau ; l'expérience m'a démontré que cette méthode est détestable ; se raisonner sur une passion, c'est vouloir arracher un clou en frappant dessus à petits coups de marteau : le marteau enfonce le clou dans le bois et le raisonnement la passion dans le cœur. J'abrège les péripéties d'une lutte intestine dont on a déjà deviné l'issue. Le premier bruit qui mit de la joie dans la maison fut celui des grelots de mes trotteurs, le jour qu'ils amenèrent au perron le traîneau attelé pour me conduire à Rogonostzova. La route me parut longue et les abords du lieu rébarbatifs ; de grands étangs gelés, des forêts de sapins, un vieux château du temps d'Élisabeth, aux profils de prison ; une de ces geôles d'ennui où le plus médiocre compagnon doit être accueilli par les captifs comme un prince Charmant dans le château de la Belle au Bois-Dormant.

Aujourd'hui, revenu à un état d'esprit plus sain, j'ose à peine me rappeler la ridicule émotion avec laquelle je mis le pied dans le vestibule du manoir des ***sky. Ma polonaise — celle de fourrures bien entendu — brillait au premier porte-manteau, rayonnante comme la Toison-d'Or, plus caressante et plus vivante que jamais. Je courus au cher objet et le couvris de baisers furtifs. La comtesse, qui m'épiait, apparut sur le pas d'une porte en riant à plein cœur.

« Allons, dit-elle, je vois que le cas est invétéré et qu'il faudra le traiter énergiquement, au besoin par les douches froides. »

Elle me fit gracieusement les honneurs de la maison et me présenta à son mari, un glorieux invalide des guerres du Caucase, cloué par la sciatique dans une bergère, devant une table où sa jeune femme et son intendant battaient les cartes à tour de rôle pour son éternelle partie de préférence ; un beau portrait d'ancêtre, au demeurant, où sur les tempes blanchies les rides entre-croisaient leurs balafres avec celles des yatagans turcs ; le nez émerillonné et la belle humeur témoignaient des consolations qu'apporte à la vieillesse d'un soldat une cave bien fournie de vin de Hongrie. Mes hôtes me firent grand accueil ; mais, durant tout ce séjour, je ne leur donnai que ce que la stricte politesse ne me permettait pas de leur refuser. Dès que j'en trouvais l'occasion, je m'échappais pour rejoindre ma bien-aimée et me perdre dans sa contemplation. Il me parut bientôt que Mme *** ska suivait avec quelque impatience ce manège qui l'avait d'abord égayée. Sa bonne grâce à mon égard se refroidit visiblement. Les dernières fois qu'elle me surprit en colloque intime avec sa palatine, elle passa en haussant les épaules et je l'entendis murmurer entre ses dents : C'est un fou !

Rappelé à Bukova pour une semaine, je ne fis pas attendre ma seconde visite. Mon désappointement fut grand en ne trouvant plus la pelisse à sa place habituelle. Je me précipitai au salon et reprochai amèrement à la comtesse cette infraction à la parole donnée. Elle me répondit, avec un pli d'humeur sur la lèvre, que mes divagations n'avaient plus le mérite de la nouveauté ; puis, sonnant d'un geste nerveux, elle ordonna à sa camériste de rapporter « sa vieille loque ».

Durant ce second séjour, les manières de Mme ***ska témoignèrent d'une véritable hostilité vis-à-vis de moi. Elle ne m'adressait presque plus la parole, et il fallait tout mon aveuglement pour ne pas souffrir d'une attitude que je devais attribuer au dédain inspiré par mon dérangement d'esprit. Seul, le vieux comte, étranger à mes folies, m'accueillait avec la cordialité traditionnelle dans nos provinces, et me pressait de revenir abréger dans sa société les longs loisirs de l'hiver.

Je revins, en effet, bien que sentant ma présence odieuse, je revins pour les fêtes de Noël, bourrelé par ma passion. Cette fois encore, la polonaise était absente ; mais je ne fus pas peu surpris de trouver la comtesse frileusement pelotonnée dans *notre* pelisse. Toute sa bonne humeur semblait revenue, et elle me reçut le sourire aux lèvres.

« Ma foi, mon cher voisin, j'en suis bien fâchée pour vos habitudes ; mais mon médecin ne me trouve pas bien, et, par le froid qu'il fait, il m'ordonne de porter quelques fourrures dans les salles glacées de notre vieille masure. Vous ne voulez pas ma mort, sans doute ; car, je vous en préviens, je ne vous léguerai pas mon manteau. Résignez-vous donc à le contempler sur moi. Je regrette que ma grossière personne dérange les plis drapés sur mon sosie idéal. Tâchez de vous y accoutumer.

— Hélas ! Madame, vous me privez de bien douces et bien innocentes caresses.

— Oh ! je sais que sur moi le manteau magique perd toute sa vertu ! Tant mieux, vous guérirez ; sinon... sinon, à vous de trouver un compromis. »

Manteau magique, en effet. Depuis que mon hôtesse l'avait revêtu, il me semblait qu'elle me devenait chaque jour un peu moins étrangère, qu'elle était un peu moins elle, un peu plus lui. Avec l'étrange puissance d'absorption que j'avais si souvent constatée, la pelisse métamorphosait sa maîtresse et la ramenait aux proportions de ma chimère. La comtesse ***ska avait disparu ; il ne restait que ma polonaise, avec le monde unique de séductions qu'elle m'offrait depuis trois mois. Insensiblement, naturellement, j'arrivai à ne les plus séparer l'une de l'autre. Ce m'était d'autant plus facile que la frileuse jeune femme ne quittait plus ce qu'elle avait un jour si dédaigneusement appelé « sa vieille loque » ; et moi, qui ne pouvais me détacher de ce cher objet, j'étais rivé aux pas de celle qui le portait ; je la suivais partout comme une ombre animée. La comtesse n'aurait pu inventer un meilleur stratagème, si elle eût voulu m'enchaîner à sa personne ; loin de moi l'idée qu'il y eût là un calcul ; cette âme régulière en était bien incapable. J'étais désormais de toutes les promenades de la châtelaine ; je l'accompagnais dans son parc, recueillant d'une main empressée les perles de givre qui se prenaient aux zibelines, quand elles frôlaient les basses branches des bouleaux ; je la suivais sur les étangs où elle se divertissait à patiner ; quand elle trébuchait dans sa course rapide, j'étais derrière elle, tremblant de peur que mon trésor ne fût déchiré dans quelque chute, prêt à le recevoir dans mes bras pour le préserver. Si elle montait en traîneau pour une excursion plus longue, je m'asseyais à ses côtés ; je bénissais les cahots de la piste, quand, en secouant l'étroit véhicule, ils ramenaient contre mon épaule et sur ma main le doux velours bleu, sa chaleur et son parfum.

Durant ces journées de vie commune, nous causions ; je prenais un vif intérêt à cette nature singulière qui se dévoilait devant moi. Nature double, et comme faite de deux moitiés d'âmes mal rejointes ; je m'expliquais sans trop de peine cette dualité ; je savais par expérience que la merveilleuse pelisse possédait une influence si pénétrante, si irrésistible, qu'elle modifiait jusqu'à la personne morale de ceux qu'elle enveloppait. Dans une âme tranquille, un peu lasse, engourdie par la solitude, la fée allumait des étincelles de malice et des éclairs de poésie. Par moments, les paroles de ma nouvelle amie semblaient lui être soufflées par un esprit de passage, un de ces vagabonds du monde occulte qui viennent parfois prendre gîte dans les plus honnêtes demeures et bouleverser toute la maison. Je la voyais alors inquiète, audacieuse, fantasque à froid, tantôt retirée dans les replis d'une pensée secrète, tantôt livrée par de brusques saillies ; le rire menaçant qui sonnait sur ses petites dents ne venait pas d'elle ; il me faisait l'effet d'une chanson à boire jouée par un impie sur l'orgue d'une église.

Les longues et vides soirées de décembre nous réunissaient tous trois dans la salle basse, devant l'âtre flambant. La comtesse gardait alors un silence obstiné : pelotonnée dans sa palatine, malgré la chaleur du brasier, accoudée et le regard perdu entre les grands landiers de fer, elle semblait attentive aux folies des petits démons jaunes et rouges qui logent sous les grosses bûches, jasent dans la flamme et content des histoires douteuses aux châtelaines ennuyées dans les vieux châteaux. Je ne parlais pas davantage ; absorbé dans la contemplation des zibelines, je prenais un plaisir toujours nouveau à suivre le jeu des lumières sur leurs plis ; au moindre mouvement de celle qui les portait, elles se dérobaient dans l'ombre épaisse tombant des solives, ou s'illuminaient, allongées et continuées par des boucles de cheveux aux mêmes teintes dorées. Le comte animait seul nos veillées par son intarissable bonne humeur, enchanté de trouver un auditeur complaisant à ses souvenirs de guerre et à ses légendes ukrainiennes.

Un soir, le vent des steppes, qui va se briser aux Carpathes, hurlait en passant dans les cours ; les gémissements des moulins du village venaient mourir aux vitres noires. Ces bruits d'éléments mettent un effroi vague dans nos campagnes, si muettes d'habitude. Nous nous taisions ; le vieux majordome entra, apportant le thé ; un volet battit, un aboi de chien, ou de loup, expira sur la route. En se retirant, le majordome dit sentencieusement :

« Madame la comtesse fera bien de fermer ses pierreries, ce soir ; c'est par des nuits pareilles que la Dame revient.

— Quelle Dame ? demandai-je à mon hôte.

— Comment, vous ne savez pas quelle visite vous menace ? N'allez pas sourire, monsieur le sceptique, et écoutez une histoire à laquelle tous mes serviteurs croient aussi fermement qu'aux miracles de Notre-Dame de Czentoschau. Il y a bien longtemps, sous le roi Stanislas, cette maison fut le théâtre d'une tragédie domestique ; un de mes ancêtres, trahi par sa jeune femme, se fit justice lui-même, à la rude manière des aïeux, et précipita la coupable dans le grand étang. Depuis lors, l'âme damnée erre avec les *roussalki*, les fées des eaux, sous les nénuphars et les joncs ; de loin en loin, elle revient dans sa demeure et visite précisément la tour d'angle que vous habitez ; on entend ses légers soupirs, on la suit dans les corridors à la trace des gouttelettes d'eau, des brins de mousse et d'iris ; d'aucuns l'ont vu marcher : un grand roseau, vêtu de gaze verte, coiffé d'algues. Elle est apparue deux fois du vivant de mon grand-père, une fois du vivant de mon père : après chacune de ses visites, un objet de haut prix manque dans le château ; elle emporte toujours ce que le maître de céans possède de plus précieux. Ce fut elle, la coquine, qui emmena mon vieux cheval de bataille, le soir où il s'échappa en remontant du pâturage. Maintenant, je ne vois pas trop ce qu'elle pourrait encore me dérober. »

La recommandation du comte était superflue ; élevé par ma nourrice petite-russienne dans la foi aux traditions populaires, je n'avais nulle envie de railler sur ces matières. Je fus même scandalisé par l'éclat de rire qui partit du fauteuil de la comtesse aux dernières paroles de son mari ; c'était ce rire indéfinissable, inquiétant, ce rire d'inconnu qui semblait entrer en elle plutôt que sortir.

Je pris congé et remontai dans mon logement de la tour, un peu nerveux, la pensée arrêtée sur l'histoire que je venais d'entendre. Je me couchai, les yeux fixés, comme toujours, sur la pelisse accrochée à l'espagnolette de la fenêtre. Car il faut que je confesse un dernier enfantillage, après tant d'autres. Je me sentais si navré, chaque soir, au moment de quitter ma polonaise, que je m'étais enhardi une fois à dire à la comtesse :

« Madame, vous m'avez permis de chercher un compromis ; puisque vous accaparez durant tout le jour ma bien-aimée, souffrez du moins que je la reprenne la nuit pour l'avoir plus près de moi et la contempler à mon réveil. »

Et sans attendre l'assentiment de Mme ***ska, je m'étais emparé de sa mante, comme elle la jetait sur un meuble en se retirant. Depuis lors, je l'emportais amoureusement dans ma retraite ; par les nuits de lune, le pâle velours et les zibelines se détachaient sur ma vitre, dans un nimbe de rayons ; je ne sais pas de mots assez doux pour dire leur grâce, la symphonie divine qui retardait mon sommeil.

Ce soir-là, la pleine lune de décembre s'éteignait à chaque instant sous les nuages noirs affolés par le vent ; l'ouragan faisait rage et pénétrait dans ma chambre par les vieilles croisées mal jointées. Une idée me vint, qui me fit froid : si la Dame, la roussalka, allait me visiter et me ravir mon trésor, l'objet le plus précieux à coup sûr qui fût dans le château ? Ne serait-ce pas son bien d'ailleurs? Ces fourrures qu'on m'a dit être un héritage de famille, ce manteau de forme ancienne, n'appartenaient-ils pas à la malheureuse aïeule? Et cette âme mystérieuse, qui réside évidemment dans la pelisse hantée, n'est-ce pas son âme?

Vous qui n'avez jamais tremblé pour un être aimé, devinez quelle terreur envahit mon cerveau, grandissante, poignant mon cœur et battant mes tempes. Les yeux démesurément ouverts sur la polonaise, je la voyais remuer, au souffle du vent sans doute, avec des mouvements humains, se cacher et reparaître, avec les caprices de la lune et des nuages assurément. Il se fit une éclipse plus longue; la clarté remplit de nouveau le champ de la fenêtre ; la polonaise n'y était plus. J'entendis de légers soupirs et un frôlement soyeux sur les tentures, comme des roseaux que fend une barque. Éperdu, je m'élançai vers la porte, je tombai à genoux, j'étendis les bras, m'écriant : — Laisse, laisse-moi mon âme, ne t'enfuis pas..... — Quand mes bras se refermèrent, ils étreignaient les zibelines ; elles se mouvaient, une forme indécise palpitait sous leurs plis, une haleine humide effleura mon front ; un coup de folie m'enleva la conscience des réalités ; je poussai un grand cri, je perdis le sentiment..... et le souvenir aussi, car je ne saurais dire ce qui s'est passé ensuite ; il ne m'en est resté que la sensation confuse et troublante du lendemain des fortes ivresses.

En retrouvant mes hôtes, au matin, je voulais d'abord leur annoncer que l'aïeule m'était apparue ; une fausse honte me retint, et je ne sais quelle crainte de déplaire à l'être mystérieux que j'aurais voulu revoir encore. La Dame reviendrait-elle ? — Elle est revenue. C'est elle qui me ramène et m'enchaîne à Rogonostzova. Ma vie et celle de mes amis s'y écoule, toujours aussi égale, aussi paisible. Le comte ***ski, fort incommodé par sa sciatique durant tout cet hiver, ne souffre plus que son unique partenaire aux cartes et aux échecs s'éloigne. Chacun sait que le gouvernement russe, dans sa sollicitude paternelle, prévient les moindres désirs de ses sujets, et que le vœu le plus secret formulé par un administré est aussitôt réalisé par l'administration. J'en ai eu récemment une nouvelle preuve. La ligne de Podolie, qui dessert nos deux résidences, a été ouverte en janvier ; je ne suis plus qu'à deux heures de mes voisins. En vains mes connaissances de Pétersbourg et mes confrères de l'Académie m'écrivent lettres sur lettres, remplies de points d'interrogation. Impatienté, je leur ai répondu une fois pour toutes que je m'occupe de fourrures. Je n'ai pu encore trouver le temps d'aller les revoir, et j'ai même manqué le dernier congrès des Orientalistes. Comment m'y présenterais-je, d'ailleurs ? Mon grand travail n'a pas avancé d'une ligne. L'excellent comte me plaisante parfois à ce sujet, me demandant pourquoi mes études sur les Hébreux se sont arrêtées au chapitre de Joseph. Pour sauver mon amour-propre, j'ai dû dire que je déchiffrais dans un papyrus des textes fort difficiles, mais destinés à révolutionner l'histoire, et d'où il me semble ressortir que l'Israélite aurait retrouvé son manteau.

« Ah bah ! m'a répondu le comte, avec ce large rire dont les gens du vieux temps ont gardé le secret, — j'espère, cher égyptologue, qu'il n'en est rien advenu de fâcheux pour mon antique et illustre collègue, le gouverneur général de Pharaon ?

— Mon ami, interrompit la comtesse, avec son rire à elle, — mon ami, il ne faut jamais se moquer de ses collègues, — ni de ses confrères. »

E.-M. DE VOGÜÉ.

FIN

ÉVREUX, IMPRIMERIE DE CHARLES HÉRISSEY

www.ingramcontent.com/pod-product-compliance
Ingram Content Group UK Ltd.
Pitfield, Milton Keynes, MK11 3LW, UK
UKHW021601260726
13993UKWH00002B/986

9 782329 286174